ALFRED POIZAT

SAINTE CÉCILE

TRAGÉDIE-MYSTÈRE EN TROIS ACTES

ET EN VERS

POUR PATRONAGES ET PENSIONNATS DE JEUNES FILLES

SUIVIE DE

MADELEINE

PRÉCÉDÉES D'UNE

Lettre-Préface de Son Éminence le Cardinal AMETTE,

Archevêque de Paris.

PARIS

LIBRAIRIE PLON

PLON-NOURRIT ET Cie, IMPRIMEURS-ÉDITEURS

8, RUE GARANCIÈRE — 6^e

1918

Tous droits réservés

SAINTE CÉCILE

TRAGÉDIE-MYSTÈRE

EN TROIS ACTES ET EN VERS

SUIVIE DE

MADELEINE

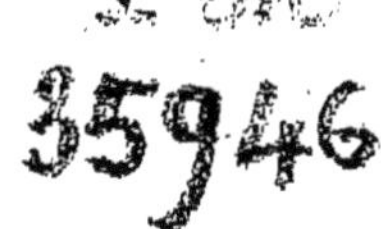

Ce volume a été déposé au ministère de l'intérieur en 1918.

DU MÊME AUTEUR, A LA MÊME LIBRAIRIE

La Dame aux lévriers............................ 1 volume.

Le Cyclope, drame satyrique imité d'Euripide, en
deux actes et en vers............................ —

Électre, tragédie d'après Sophocle, en trois actes
et en vers............................ —
(Couronné par l'Académie française, prix Toirac 1917.)

Saül, tragédie en cinq actes et en vers, suivie d'**Anti-
gone**, tragédie en quatre actes et en vers......... 1 volume.

Sophonisbe, tragédie en quatre actes, suivie d'**Inès
de Castro** et de **Méléagre et Atalante**........... —
(Couronné par l'Académie française, prix Toirac 1913.)

CHEZ ALPHONSE LEMERRE

Avila des Saints............................ 1 volume.
(Couronné par l'Académie française.)

Le Pervers sentimental............................ —
(Couronné par l'Académie française.)

CHEZ EMMANUEL VITTE

Poètes chrétiens............................ 1 volume.

CHEZ JOUVE

Classicisme et Catholicisme.................... 1 volume.

POUR PARAITRE PROCHAINEMENT

Le Symbolisme............................ 1 volume.

Écho et Narcisse, comédie, suivie de divers poèmes. —

Circé, comédie en trois actes.................... —

PARIS. TYP. PLON-NOURRIT ET Cie, 8, RUE GARANCIÈRE. — 23257.

ALFRED POIZAT

SAINTE CÉCILE

TRAGÉDIE-MYSTÈRE

EN TROIS ACTES ET EN VERS

POUR

PATRONAGES ET PENSIONNATS DE JEUNES FILLES

SUIVIE DE

MADELEINE

PRÉCÉDÉES D'UNE

Lettre-Préface de Son Éminence le Cardinal AMETTE,

Archevêque de Paris.

PARIS

LIBRAIRIE PLON

PLON-NOURRIT et Cie, IMPRIMEURS-ÉDITEURS

8, RUE GARANCIÈRE — 6^e

1918

Tous droits réservés

Paris, le 22 novembre 1918.

CHER MONSIEUR,

Je n'ai pas oublié la soirée où j'eus le plaisir, dans une maison amie, de vous entendre lire votre tragédie-mystère de Sainte Cécile.

Je viens de la relire, et je ne l'ai pas moins goûtée que lorsque j'en ai eu connaissance pour la première fois.

Vous avez su traduire en de beaux vers les Actes poétiques et si touchants de la jeune Martyre Romaine, et vous les avez enrichis de beaux passages des Livres saints et des Pères de l'Église.

Cette œuvre est très propre à charmer et à élever les âmes, et je la recommande volontiers à nos réunions catholiques de jeunesse.

Agréez, cher Monsieur, l'expression de mes sentiments très distingués et bien dévoués.

† LÉON Ad. Card. AMETTE,
Archevêque de Paris.

A MADELEINE

SAINTE CÉCILE [1]

(1) Pour la musique de scène, s'adresser à M. de la Tombelle, château de Fayrac, par Castelnau (Dordogne)

PERSONNAGES

CÉCILE.

VALÉRIEN.

TIBURCE.

MARC-AURÈLE.

ALMACHIUS.

DEUX SOLDATS.

UN COURRIER.

DEUX CHOREUTES.

ACTE PREMIER

La scène représente une place publique devant le palais
des Metelli.

PREMIER CHŒUR

Les portes du palais sont encore fermées.
Que se passe-t-il donc?

DEUXIÈME CHŒUR

Des lampes allumées
Percent le clair-obscur de leurs étoiles d'or;
Un impressionnant silence règne encore !

PREMIER CHŒUR

L'existence des saints est pleine de merveille :
Cécile peut sortir. Un divin gardien veille..

DEUXIÈME CHŒUR

Cécile est un cœur vierge en qui Dieu s'est complu !

PREMIER CHŒUR

On dit que dans sa chambre, aux doux sons de son luth,
Sous sa direction viennent chanter les anges
Et que du Christ, ensemble, ils disent les louanges.
L'un tient l'archet, docile au rythme merveilleux
Que trace l'harmonie au fond de ses clairs yeux

De sainte, que sa très pure ardeur initie
A l'art intérieur, seul digne du Messie;
Un autre, dans le soir aux rayons violets,
S'empresse, devant elle, à tourner les feuillets
Où le rêve a noté l'idéale musique
Et, dans le crépuscule apaisant et mystique,
Que traverse le vol de l'ange Gabriel,
La terre, doucement, se mêle avec le ciel!

UN COURRIER *arrivant.*

Je viens pour vous apprendre une triste nouvelle,
Frères, car un décret du Caesar Marc-Aurèle
Rallume contre nous les persécutions.

PREMIER CHŒUR

Est-ce possible? Lui que nous nous flattions
De voir marcher un jour sur les pas des apôtres,
Tant ses pensées semblaient se rapprocher des nôtres,
Si pure est sa morale et si haut son esprit :
L'empereur-philosophe est l'ennemi du Christ?

DEUXIÈME CHŒUR

De ce malheur a-t-on pu prévenir Cécile?

LE COURRIER

Frères, si vous comptiez sur ce roseau fragile
Vous appuyer, sachez qu'il est déjà cassé
Et qu'infidèle à son céleste fiancé,
Cécile, désertant notre sainte querelle,
Devient l'épouse d'un ami de Marc-Aurèle;
Sachez que l'empereur lui-même, en ce moment,
Préside au mariage et reçoit leur serment.

PREMIER CHŒUR

Cécile déchirer sa robe virginale,
Cécile nous trahir! ô douleur, ô scandale!
Les anges, repliant leurs ailes, ont quitté
        Désormais cette terre
Où doit se préparer quelque horrible mystère
        D'épouvante et d'iniquité.

DEUXIÈME CHŒUR

Dans ce temps d'atroces épreuves,
Où nous serons livrés aux griffes du Malin,
        Qui prendra soin de l'orphelin?
        Hélas! qui secourra les veuves?

PREMIER CHŒUR

Ne vous demandez pas ce que vous mangerez,
        Ni de quoi vous vous vêtirez;
Mais que de tous ces soins votre âme se repose
        Sur le Maître de toute chose!
        Voyez les petits passereaux,
        Ils ne sèment ni ne moissonnent,
        Ils n'ont ni greniers, ni caveaux.
        A notre Père ils s'abandonnent,
        Et notre Père, qui sourit
        A leur confiance ingénue,
        De sa propre main les nourrit
        Dans l'hiver, quand la terre est nue.
        Pourquoi tous ces soins attachants
        Pour des biens que ronge la rouille?
        Considérez les lys des champs :
        Ils ne filent point la quenouille,

Ils n'ont point de métier à tisser et pourtant,
Du haut de son trône d'ivoire
Et sous son palais éclatant,
Salomon, dans toute sa gloire,
Ne fut jamais vêtu comme l'un d'eux.
Si donc notre père des cieux
Habille de la sorte une humble fleur champêtre
Qui dès demain, peut-être,
Sera sèche et jetée au four,
Que ne fera-t-il point pour vous autres
Qu'il aima d'un si grand amour,
Vous ses disciples, ses apôtres?

DEUXIÈME CHŒUR

Mais voici l'empereur qui s'avance vers nous.

SCÈNE II

(Arrivent Marc-Aurèle et Tiburce.)

LE CHŒUR, TIBURCE, MARC-AURÈLE

TIBURCE

Quel spectacle, seigneur, vous nous donnez! Quoi! Vous
Que l'admiration de la terre environne,
On vous voit promener sans sceptre, sans couronne,
Sans escorte, vêtu comme un simple Romain!
N'importe qui s'approche et vous tendez la main!

MARC-AURÈLE (1)

Tiburce, ce serait une fâcheuse chance
Si le premier effet de sa toute-puissance

(1) Marc-Aurèle incarne plutôt ici le génie de la Rome des Caesars que l'empereur mystique qu'il fut en réalité.

Était de dépouiller Caesar de liberté.
C'est en moi que réside enfin ma dignité.
Un front qui pense a-t-il besoin d'un diadème?
N'est-il point assez haut, assez grand par lui-même?
Quand mon front apparaît grave et plein de soucis,
La terre tremble, au froncement de mes sourcils,
Car il en peut sortir ou la paix ou la guerre.
Le destin en moi siège avec tout son mystère
Et j'ai beau n'être qu'un passant, chacun sait voir
L'ombre de Zeus sur ce passant au manteau noir.

TIBURCE

Et, comme aux temps lointains et purs de l'Odyssée,
Votre divinité, sans se croire abaissée,
Familière et fuyant les honneurs des autels,
Ne craint pas d'assister aux noces des mortels!

MARC-AURÈLE

Cher Tiburce, en venant aux noces de ton frère,
J'avais un but qu'il est inutile de taire.
Je veux — c'est un projet qui tout entier me tient —
Opposer une digue au mouvement chrétien.
La source impure en est dans la plèbe des villes,
En ces bas-fonds, toujours prêts aux guerres civiles,
Où s'introduisent mille éléments étrangers
Que mes prédécesseurs n'ont que trop ménagés,
Tandis qu'aveuglément ils frappaient la noblesse,
Le seul sang pur en qui Rome se reconnaisse,
Le seul corps resté pur de superstition.
Mais le temps est venu d'une réaction.
Il est temps d'arrêter les progrès de la secte.
Rome prend, tu le vois, une allure suspecte.

Les plus humbles passants ont des airs sérieux.
Des rêves inconnus agrandissent les yeux
Du pâle adolescent et de la jeune fille.
On dirait qu'une lampe intérieure brille
Dans ces cœurs que l'on sent tranquilles, mais ardents,
Au fond de ces regards retournés en dedans,
Que quelque vision inconcevable attire.
Un souffle dangereux a traversé l'empire.
Les dos se courbent sous l'immense mouvement
Et, si nous n'y portons remède promptement,
Rome ne tendra plus ses mamelles taries
Qu'à des chrétientés et qu'à des juiveries.

TIBURCE

Quel danger voyez-vous là, seigneur?

MARC-AURÈLE

                              Quel danger?
Crois-tu qu'impunément un peuple peut changer
D'âme et de ses devoirs se faire une autre idée?
Veux-tu voir devenir Rome une autre Judée?
Les vaincus seront-ils les maîtres des vainqueurs?
Peuple de conquérants et d'administrateurs,
Irons-nous, pour gagner un ciel imaginaire,
Nous désintéresser des choses de la terre
Et sur le juif sordide et sur l'Oriental
Modeler désormais notre propre idéal?

TIBURCE

Et pourtant, si j'en crois les propos qu'on leur prête,
Leur morale ressemble à celle d'Épictète
Et leur philosophie a des traits de Platon!

MARC-AURÈLE

Mêmes paroles, oui, mais sur quel autre ton?
Ces chrétiens, penses-tu qu'enfin je les ignore?
Leurs chefs, Tertullien, Justin, Athénagore,
Xantippe, Méliton et d'autres, sont des gens
Que je n'accuse pas d'être inintelligents.
Je les connais. Ils m'accablent de leurs mémoires.
La plupart sont des transfuges de nos prétoires.
Avant d'être chrétiens, ils étaient avocats
Ou professeurs. J'en sais quelques-uns dans ce cas
Et qui portent encor le manteau de l'école.
Leur style conservant l'éclat de la parole,
On entend l'orateur, en lisant l'écrivain.
Ils s'efforcent de me convaincre, mais en vain.
Leur croyance n'est pas une philosophie.
Elle envahit les cœurs, elle les modifie
Et, par un sacrilège aussi fou qu'odieux,
Tue en nous cet orgueil, qui nous égale aux dieux!
Non! leur religion n'est qu'un rêve d'esclaves
Gardant la nostalgie abjecte des entraves
Et, dans le ciel conquis par leurs basses vertus,
Voulant porter le fouet dont ils furent battus,
Exigeant que le monde, à l'avenir, se trace
Un idéal conforme au goût vil de leur race,
Rejette ses penseurs et n'adore, je crois,
Qu'un pauvre Dieu comme eux cloué sur une croix.
Mais pourquoi remuer cette boue? Et qu'importe
Si, dans les détritus que la mer nous apporte
En cette Rome, où tant de passé vient pourrir,
Il flotte par hasard un germe d'avenir,

Un reste mal éteint de quelque antique idée
Par quoi telle peuplade aurait été guidée
Dans ce vaste Orient, berceau des nations,
Qui le premier nomma les constellations !
Qu'importe? cher Tiburce. Une telle semence,
Pour fleurir, doit tomber dans un cerveau qui pense,
S'y transformer, puiser un peu de l'air latin.
Tant que ce résultat ne sera pas atteint,
Elle végétera, rampante et misérable,
Et nous l'écraserons du talon dans le sable,
Un Romain ne pouvant se laisser diriger
Par le rebut du monde et l'esprit étranger

(Marc-Aurèle et Tiburce s'éloignent.)

LE CHŒUR

Non, tu n'écraseras pas la petite plante,
Tu ne détruiras pas le royaume du Christ.
    Dans l'Évangile il est écrit
    Cette parole consolante :
Ce royaume est pareil au grain de sénevé,
    La plus petite des semences,
    Mais quand le temps est arrivé,
C'est un arbuste aux rameaux denses,
    Où les oiseaux ont fait leurs nids.
Lorsque tu te diras : les chrétiens sont finis,
    Alors nous lèverons la tête,
Car ce sera le jour où, sur tout l'horizon,
Splendide ondulera la nouvelle moisson
Et que s'achèvera sur toi notre conquête.
Notre victoire, à nous, chrétiens, c'est la défaite.

Les œuvres du Seigneur passent l'esprit humain
    Et les choses dont il se mêle
    Portent la marque de sa main.
Un tour inattendu brusquement les décèle.
    Dieu s'exprime comme il agit.
Ses mots ont la douceur céleste de l'enfance,
    On les croirait sans importance,
Mais leur sens, sous nos yeux, chaque jour élargi,
    Sur l'humanité tout entière
    Projette une immense lumière !

DEUXIÈME CHŒUR

    Ah ! Seigneur, Seigneur, ouvrez-nous
Le monde intérieur si profond et si doux
    Et que peuplent vos paraboles :
La brebis que le bon Pasteur arrache aux loups
    Et rapporte sur ses épaules,
Et la fresque effrayante où les cinq vierges folles,
S'éveillant, sur la route où s'avance l'Époux,
Lèvent avec terreur leurs cinq lampes sans flammes.
    Et ces vierges, c'étaient nos âmes,
    En vérité, je vous le dis,
    Qui s'en allaient en paradis.
    Derrière leurs grands yeux mystiques
    J'ai croisé mes propres regards
    Dont quelques-uns brillaient, hagards,
    Sous les lampes emblématiques.
    Doux Jésus ! quel est mon émoi !
    La folie est peut-être en moi.
    Hélas ! voici que, faute d'huile,
    La lampe entre mes doigts s'éteint

Et déjà grandit au lointain
Le cri dont parle l'Évangile.
Quand le cortège fut rentré,
De leurs poignets osseux de mortes
Elles vinrent heurter aux portes
D'un grand élan désespéré.
L'immense épouvante était peinte
Dans leur âme à jamais éteinte,
D'où toute espérance avait fui,
Et serrant autour de leurs hanches,
Comme un linceul, leurs robes blanches,
Elles roulèrent dans la nuit.

(Arrivent Cécile et Valérien. Le chœur se retire discrètement pour les laisser seuls.)

SCÈNE III

CÉCILE, VALÉRIEN

VALÉRIEN

Voici donc ta demeure, ô très belle Cécile.
Sa vieillesse s'éclaire à ta grâce tranquille
Et sourit au bonheur qui rentre sous son toit.

CÉCILE

La demeure où je dois habiter avec toi,
Hélas! un long chemin encor nous en sépare.
A nous y recevoir pourtant on se prépare
Et les yeux de mon cœur, par delà les cyprès,
Voient déjà les grands lys odorants qui sont prêts.
On n'attend que du sang pour empourprer les roses.

VALÉRIEN

Un sens mystérieux se cache sous les choses
Que tu dis...

CÉCILE

Sous les doigts légers des musiciens
Plus beaux qu'ils ne sont peints en des livres anciens
Commencent à sonner les luths d'or et les violes.
Un sang vermeil emplit les lys, mystiques fioles.

VALÉRIEN

Tu me troubles. En vain j'interroge tes yeux,
Ils demeurent muets, profonds, mystérieux
Et j'écoute ta voix charmante, mais lointaine,
Comme j'écouterais le bruit d'une fontaine
Dans les jardins sacrés d'un temple d'Orient.
Quel songe s'est posé sur ton front souriant?

CÉCILE

Le vrai songe, c'est la trompeuse vie humaine.

VALÉRIEN

O ma Cécile, fleur de la beauté romaine,
Exemplaire achevé de l'antique vertu,
En ces obscurités pourquoi t'obstines-tu?
Pourquoi toujours ces mots dont le sens reste double?
Le son en est suspect à l'oreille qu'il trouble,
Ils donnent aux propos si chastes que tu tiens
L'impur enchantement des propos des chrétiens
Et cependant, sous ton cher regard qui m'enivre,
Que ces mots seraient doux : aimer et vivre!

CÉCILE

Oui, vivre!

Arriver au pays où vivre, tout est là,
Au pays où l'on aime enfin, c'est bien cela,
C'est bien le but qu'il faut atteindre!

VALÉRIEN

Si tu m'aimes,

Ce pays que tu veux atteindre est en nous-mêmes!

CÉCILE

Avec moi, Valérien, es-tu prêt à mourir?
Avec moi dans la tombe es-tu prêt à dormir?
Ailleurs que dans la mort je ne puis être tienne!

VALÉRIEN

Ailleurs que dans la mort, tu ne...

CÉCILE

Je suis chrétienne,

Valérien.

VALÉRIEN

Que dis-tu?

CÉCILE

Fille des Metelli,
Nièce des Scipion, fleur d'un sang d'où jaillit
En rameaux immortels la puissance de Rome,
Moi, Cécile, c'est fièrement que je me nomme,
Pour ce temps éphémère et pour l'éternité,
La servante du Dieu de force et de beauté,
Qui, Seigneur, Créateur du ciel et de la terre,
Descendit jusqu'à nous du trône de son père.

Et, dans un corps semblable au nôtre, renfermant
La pensée, où se meut l'immense firmament,
Voulant vivre une vie obscure et vagabonde,
Erra trente ans parmi les pauvres de ce monde
Et, sali de crachats et dévoré d'affronts,
Expira sur la croix entre deux vils larrons

VALÉRIEN

O superstition, rêverie insensée !

CÉCILE

Ainsi donc ma croyance offense ta pensée !
Tu me méprises et tu me parles d'amour !

VALÉRIEN

Pourquoi m'avoir caché cela jusqu'à ce jour ?

CÉCILE

Si te cacher ma foi fut une tromperie,
La blessure par moi sera bientôt guérie.
Je n'abuserai pas longtemps, en vérité,
De l'erreur où nos deux tendresses t'ont jeté,
Et la mort, où je cours, demain te rendra libre !

VALÉRIEN

Permets que ma raison retrouve l'équilibre,
Laisse-moi réfléchir et ne m'affole pas.
A quel propos viens-tu me parler de trépas ?
Quelle apparence que tu meures si je t'aime ?
Et qui donc oserait te dénoncer ?

CÉCILE

Moi-même.
Moi, te dis-je. A la mort mes sens sont résolus.

VALÉRIEN

Je t'écoute, Cécile, et ne te comprends plus.

CÉCILE

Tu comprendras plus tard. La mort est un grand maître.
La mienne t'apprendra bien des choses peut-être.

VALÉRIEN

Je m'incline devant ta sagesse et je crois,
J'adore, si tu veux, ton Sauveur mis en croix.
Je suis chrétien, puisque ma Cécile est chrétienne.

CÉCILE

Ne crois pas que ce corps virginal t'appartienne,
Car je dépends d'un Maître adorable et jaloux.
Je ne t'ai pas tout dit : Un autre est mon époux !

VALÉRIEN

Un autre est ton époux ! O ciel, est-ce possible ?

CÉCILE

Pauvre enfant ! tu le vois. Mon amour est terrible !

VALÉRIEN

Dis-moi que tout s'est fait contre ta volonté !

CÉCILE

Détrompe-toi, car tout était prémédité.

VALÉRIEN

Qui croire, s'il mentait, ton beau regard si tendre?
Mais alors quel était ton but?

CÉCILE

Peux-tu m'entendre?

VALÉRIEN

J'incline vers ta bouche un cœur plein de pardon.
A ton gré, verses-y la peine.

CÉCILE

Écoute donc.
Tu sais que l'empereur veut purger cette ville
De ce qu'il croit encore une foule servile,
Un ramassis de malheureux et d'ignorants.
J'ai voulu l'obliger à frapper dans nos rangs
Et parmi ces chrétiens qu'il poursuit de sa haine,
J'ai voulu que marchât la noblesse romaine
Et qu'au bruit de nos noms, l'univers étonné
Apprenne que le cœur de Rome s'est donné
A ce Christ qu'un Caesar, parvenu d'hier, méprise.
Comprends-tu, maintenant, quelle est mon entreprise?
Comprends-tu, maintenant, comment, te connaissant,
J'ai pris ton jeune cœur, afin d'avoir ton sang?
Le faucon guette avec moins d'âpreté peut-être
La victime qu'il veut rapporter à son maître
Que je ne t'ai guetté pour te donner à Dieu.

VALÉRIEN

C'est bien, Cécile. Mais dis-moi le temps, le lieu
Où, pour te plaire, il faut que ton fiancé meure.

Je suis prêt, tu n'auras qu'à me désigner l'heure.
Que ferais-je aussi bien loin de toi désormais?
De ne plus te revoir, Cécile, je mourrais.
Allons. Où tu voudras, je suis prêt à te suivre.

CÉCILE

Mourir pour Dieu n'est pas mourir, mais c'est revivre.

VALÉRIEN

A présent qu'entre nous tout est bien entendu,
Cécile, réponds-moi, car ton secret m'est dû.
Quel est celui pour qui ton grand cœur me repousse?

CÉCILE

Si tu le connaissais, la mort te serait douce.
C'est ce prince en exil, si pur, si souriant,
Cet exilé divin, porteur de l'Évangile,
Que salua d'un chant prophétique Virgile
Et qu'annonçaient ainsi des voix à l'Orient :
« O fille de Sion, tressaille d'allégresse.
Jérusalem, dépouille ton effroi.
Voici que ton roi vient à toi,
Très humble et monté sur le petit d'une ânesse! »
Si cet époux vraiment royal
A mis à mon doigt l'anneau nuptial
Et si je lui gardai mon âme vierge, comme
La fontaine scellée à tous, c'est que sous l'homme
Le Dieu se cache, égal et consubstantiel
A son Père, le Dieu de la terre et du ciel,
Non pas le Dieu lointain et froid des philosophes
Qui, hors du monde, en ses abstraits calculs plongé,
Fait surgir l'univers, du chaos dégagé,

Comme sur le métier s'enroulent les étoffes,
Mais un Dieu tout ensemble auguste et familier
Qui, dédaignant l'esprit hautain des Marc-Aurèle,
Au cœur des tout petits doucement se révèle,
Accourant à l'appel de qui l'ose prier :
Tout-puissant, sa bonté fait taire sa justice
Et comme, loin de lui, l'homme s'était perdu,
Pour nous arracher à l'esclavage du vice
      Jusqu'à nous il est descendu.
      O Valérien, Dieu s'est fait homme
Pour que son Père voie aussi des fils en nous
          Et comme
Nous avions pour jamais excité son courroux
Et que nous ne pouvions lui payer notre dette,
      Le Fils de Dieu paya pour nous :
Il mourut sur la croix, abandonné de tous,
Et la justice, par sa mort, fut satisfaite.
Peut-on vraiment donner une preuve d'amour
        Plus grande?
      Aussi bien, lorsqu'il nous demande
      Un peu de tendresse en retour,
      Admettrais-tu qu'une âme hésite?
Lui qui peut exiger, voilà qu'il sollicite.
A la porte des cœurs il frappe doucement
Comme s'il redoutait, lui, le céleste amant,
L'amertume d'être éconduit par ceux qu'il aime.
      Dans la douceur des soirs pâlis
      Il s'avance parmi les lys,
Qui de la pureté sont le suave emblème.
      Il s'approche, mais ne crains rien,
      Il t'aime aussi Valérien.

VALÉRIEN

S'il est si beau, si bon, notre pauvre tendresse
Ira s'anéantir dans ce divin torrent.
O douleur, j'oublierai ton charme et ta jeunesse
Et je te deviendrai moi-même indifférent.

CÉCILE

Dis plutôt que, brisant le marbre de nos tombes,
Nos âmes s'en iront comme un vol de colombes
Se blottir dans son cœur ainsi que dans un nid.
Et penses-tu qu'alors puisse être désuni
Par la divine main qui de loin nous protège
Le couple, que l'amour prit à son chaste piège?

VALÉRIEN

Où tu voudras j'irai; je suis prêt, me voilà!

CÉCILE

Prends la voie Appienne, ô doux ami, suis-la
Et dépasse trois fois la borne milliaire.
Là tu rencontreras, contents de leur misère
Où le Christ reconnaît ses membres frémissants,
Des pauvres implorant l'aumône des passants.
Ils me connaissent bien. Mon toit fut leur asile
Et ma main les nourrit. Tu leur diras : Cécile
M'envoie à vous, afin que vous me fassiez voir
Le vieil et saint évêque Urbain; j'ai dès ce soir,
De sa part, un secret message à lui remettre.
L'Esprit de Dieu, docile à la voix du vieux prêtre
Baignant ton corps, oignant ton front d'un doigt tremblan
Fera ton cœur plus pur que l'habit de lin blanc

Sous lequel, tout humide encore du saint baptême,
Tu viendras retrouver enfin celle qui t'aime.

VALÉRIEN

Je pars, à tes conseils j'abandonne mon cœur.

(Valérien sort.)

CÉCILE, *seule.*

Maintenant achevez votre ouvrage, Seigneur!

ACTE II

CÉCILE, *seule, chante.*

Bon laboureur, qui retournes la terre,
Réjouis-toi, si ton cœur est chrétien.
Sous le réel transparaît le mystère
Qui va former ton pain quotidien,
Car la vertu divine s'insinue
Dans le brin d'herbe où l'Esprit va frémir
Et dans l'épi, sous la paille encore nue,
Ton Créateur s'apprête à refleurir.

Bon vigneron, qui travailles la vigne,
Réjouis-toi, si ton cœur est chrétien.
Dans le raisin l'Esprit pur te fait signe
Et noue au pampre un mystique lien,
Car du pressoir ta foi mieux avertie
Peut voir couler à travers l'avenir,
Pour le calice et pour l'eucharistie,
Le sang divin qui s'apprête à mûrir.

TIBURCE, *entrant.*

Quoi! toute seule encore, ô Cécile? Je tremble.
Si nouveaux mariés, vous n'êtes plus ensemble?
Où se trouve mon frère et que s'est-il passé?

CÉCILE

Cher Tiburce, pourquoi cet air bouleversé?

TIBURCE

On m'assure — et pourtant je ne veux pas le croire,
Malgré tous les détails qu'on en donne au Prétoire —
Que toi, Cécile, et lui, vous auriez aux chrétiens
Distribué déjà la moitié de vos biens.

CÉCILE

On ne t'a pas trompé, car la chose est exacte.

TIBURCE

Mais vous vous exposez à la mort par cet acte,
Car vous ne pouvez pas ignorer les décrets.

CÉCILE

Aussi bien, tu le vois, nous nous y tenons prêts
Et, n'ayant plus besoin des maisons ni des terres
Dont il nous avait faits simples dépositaires,
Nous les rendons au Christ à qui tout appartient.

TIBURCE

Hélas! il est donc vrai, Valérien est chrétien?

CÉCILE

Et sa conversion au Christ te désespère?

TIBURCE

Que deviendrai-je sans vous deux? Que dois-je faire?
Il me faut donc vous perdre, hélas! et pour jamais!
Tu ne sais pas, Cécile, à quel point je l'aimais
Et combien, loin de lui, je serais seul et triste.
J'avais formé ce rêve un peu trop égoïste

De passer, à vos pieds, dans votre ombre, mes jours
Et de chauffer mon cœur à vos chastes amours.
Je t'aime d'une ardeur lointaine et point jalouse,
Un peu plus qu'une sœur, autrement qu'une épouse,
Avec l'âme tranquille et le cœur confiant
Qu'à quelque jeune mère apporte son enfant.
Je n'oserais toucher même un pan de ta robe,
De peur que sous ma main rude ne se dérobe
Ce charme virginal, presque immatériel,
Qui descend de tes yeux, profonds comme le ciel,
Quand ton regard pensif et si doux les relève,
Visage inaccessible et vivant de mon rêve !
Et mon cœur devant toi, trouvant doux son devoir,
Ne saurait aspirer qu'au bonheur de te voir.

CÉCILE

Va, je puis agréer tes sentiments sans honte.
Ce charme, qui vers moi t'attire et qui te dompte,
Vient de ce que mon cœur, Tiburce, est habité
Par le Dieu de l'amour et de la pureté,
Par le Christ douloureux et couronné d'épines.
Il emplit nos regards de ses grâces divines
Et sa chaste présence excite parmi nous
Les sentiments les plus tendres et les plus doux
Que ne trouble jamais aucune inquiétude.

TIBURCE

O visages aimés, maison, douce habitude,
Se peut-il que bientôt je vous sois étranger ?
Sous l'action du Christ vos âmes vont changer.
Quel que soit le désir que j'aurai de lui plaire,
Je ne retrouverai plus le cœur de mon frère

Et, trompé par l'aspect de ses nouveaux pensers,
En vain j'y chercherai les souvenirs passés.
La floraison nouvelle étouffera l'ancienne
Et mon âme, égarée au travers de la sienne,
Et ne retrouvant plus les sentiers d'autrefois,
En vain appellera, nul n'entendra sa voix.
Mais, si j'ai bien compris ce que tu dis, Cécile,
Aller jusqu'à ton Dieu n'est pas très difficile
Et si c'est son regard qui dans ton regard luit,
S'il habite ton cœur mystérieux, dis-lui :
Voici Tiburce, il est à moi, je vous le donne.
Il est à vous, puisqu'il veut tout ce que j'ordonne
Et ne saurait penser, sinon par nos deux cœurs.
La source de sa vie est en eux, non ailleurs.

VALÉRIEN, entrant.

La Source de la vie est en Dieu que j'adore.
Jusqu'ici, comme toi, je l'ignorais encore,
Tiburce.

TIBURCE

Et moi, je sais que tu t'es fait chrétien.

VALÉRIEN

Tu m'en blâmes ?

TIBURCE

Je n'ai d'autre Dieu que le tien.
Pense, dirige, vis pour moi, car, vive ou sombre,
Mon âme est un miroir que seule emplit ton ombre.
Je ne vis que pour toi, je ne vis que de toi.
Toi seul es ma raison d'être, toi seul, ma loi !

VALÉRIEN

Non, pas moi, cher Tiburce. Hélas! tant que nous sommes
La nuit habite seule en nos tristes cœurs d'hommes,
Si la face du Christ n'y met pas ses rayons
Et ce sont ses regards que nous nous renvoyons
Et qui, tout affaiblis qu'ils soient sur nos visages,
De sa divinité multiplient les images.
Tiburce, ce n'est pas vers moi qu'il faut aller.
C'est vers Lui qui t'attend et qui veut te parler.
C'est en son cœur divin, comme en un sûr asile,
Que tu retrouveras ton frère avec Cécile.

TIBURCE

Eh bien! fuyons ces lieux en hâte.

VALÉRIEN

                       Pourquoi fuir?

TIBURCE

Bientôt, pour t'arrêter, des soldats vont venir.
Il est grand temps. Partons

VALÉRIEN

                    Je n'en ai nulle envie.

TIBURCE

Ils nous emmèneront vers la mort.

VALÉRIEN

                     Vers la vie.

TIBURCE

Je ne te comprends pas.

VALÉRIEN, *enthousiaste, puis extatique.*

*(Toute la scène, jusqu'à l'arrivée du soldat, est une scène
d'extase à trois personnages.)*

> Derrière le tombeau
L'Ange de la jeunesse élève son flambeau.
Qu'on me mène au sépulcre et qu'on jette les restes
De ce corps torturé de prestiges funestes,
Qui trouble mon regard de son impureté
Et m'empêche de voir toute votre beauté,
Seigneur, dont la présence invisible m'attire,
Car le ciel est venu parmi nous.

TIBURCE

> Je respire
Une fraîche senteur de roses et de lys
Si douce, qu'on se croit en quelque paradis.
Même il me semble voir des couronnes que pose
Une invisible main sur vos deux fronts pâlis.

CÉCILE

C'est le sang de mon Dieu qui fleurit chaque rose
Et c'est son divin corps qui blanchit dans ces lys.

VALÉRIEN

Vous êtes près de moi, Seigneur, je vous devine.
Pourquoi me cachez-vous votre face divine?
Peut-être avez-vous dit : Il ne me verra pas
> Et de la sorte il pourra vivre.
Mais moi, je veux mourir pour vous voir, je suis las,
> Je ne sais où porter mes pas.
Je veux vous voir afin que la mort me délivre.

CÉCILE

Si je vous aime moins que je ne le devrais,
C'est que j'ignore encor, Seigneur, tous vos attraits.
Mais qui pourrait vous voir, sans s'oublier soi-même,
Sans tout abandonner pour courir après vous?
Seigneur, révélez-vous afin que je vous aime
Et vous rende ce cœur, qui se livrait à tous.

TIBURCE

Certes, j'ai mérité votre oubli, votre haine,
Car je me suis complu dans mon égarement.
Aveugle, j'étais fier de mon aveuglement.
Esclave, je l'étais avec contentement,
    Et captif, je baisais ma chaîne.
Et cependant, ô vous à qui je dois le jour,
Si vous cessiez un seul moment de me conduire
Et si votre clarté s'interrompait de luire,
    Je disparaîtrais sans retour.

VALÉRIEN

De combien de bontés, de quelle prévenance
Vous m'avez entouré, même avant ma naissance !
Vous n'aviez pas encor donné d'ordre au néant,
Ni déployé le ciel comme une riche tente,
Ni lancé du soleil la roue incandescente,
Vous n'aviez pas creusé le lit de l'océan,
    Que déjà, mon souverain Maître,
    Avant toute création,
    Vous songiez à me donner l'être,
    Vous me connaissiez par mon nom.
A peine m'avez-vous mis au-dessous des anges.
    J'ai traîné dans toutes les fanges

Ce visage marqué de vos célestes traits.
      J'ai dissipé votre héritage.
Parmi vos ennemis j'ai cherché le servage
Et j'ai déshonoré votre nom sans regrets.
      J'ai gardé les pourceaux d'un autre.
Mais au premier soupir, par ma bouche exprimé,
      Vous m'avez reconnu pour vôtre,
 « Vous avez dit : C'est mon fils bien-aimé »
Et vous avez voulu que le ciel fût en fête
      Et quand, au son de la trompette,
Du sommeil de la mort en sursaut réveillé,
Hors du tombeau je dresserai la tête,
Que je m'envolerai de lumière habillé
Pour m'en aller chanter à jamais vos louanges,
En quoi serai-je alors au-dessous de vos anges?

(Ici finit la scène d'extase, qui a été accompagnée de musique de scène, et à laquelle s'est mêlée Cécile, une harpe à la main.)

TIBURCE

Silence, car déjà j'entends se rapprocher
Les voix, les pas de ceux qui viennent nous chercher.

VALÉRIEN

Qu'ils seront beaux, les pieds de celui qui m'apporte
La mort libératrice! Ouvrez-lui donc la porte.

LE SOLDAT

Au nom de l'empereur, j'ai mandat, Valérien,
De t'arrêter comme accusé d'être chrétien.

TIBURCE ET CÉCILE

Nous le sommes aussi.

LE SOLDAT

L'ordre excepte les femmes.

CÉCILE

Et pour quelle raison ces réserves infâmes?

LE SOLDAT

Je l'ignore.

CÉCILE

Eh bien! moi, je le sais. Ce qu'on veut,
C'est arracher à leur faiblesse un désaveu.
Les sachant tout nouveaux convertis, on se flatte
Que leur foi, jeune fleur encor trop délicate,
Ne résistera pas à l'air de la prison.
Ma présence armerait leur cœur et leur raison
Contre les pièges qu'on projette de leur tendre.
On ne leur permet pas de me voir, de m'entendre.
On veut leur extorquer un lâche repentir,
Sur leurs vrais sentiments les forcer à mentir,
Comme si l'on pouvait compter jamais en somme
Sur l'être qu'on a fait déchoir de son rang d'homme?
Adieu, mes chers amis, et songez, dans les fers,
Aux tourments que pour vous Jésus-Christ a soufferts.
Du reste, au tribunal, où l'on vous veut transfuges,
Je serai là, présente, en face de vos juges.

VALÉRIEN

Adieu, dans nos tourments nous penserons à toi.

CÉCILE

A moi, non, mais au Christ, soutien de votre foi!

ACTE III

LE CHŒUR

Une femme a paru, que vêtait le soleil.
La lune la portait sur son croissant vermeil
  Et son front, par-dessus ses voiles,
Avait une couronne où brillaient douze étoiles.
Et cette femme était sur le point d'enfanter,
Quand, surgissant du fond noir de l'éternité,
Un immense dragon traversa l'étendue
Et, déroulant sa queue en spirale tordue,
Il entraîna le tiers des étoiles du ciel
  Qu'il précipita sur la terre.
Puis, s'élevant dans la fureur et le mystère,
  Effrayant et bavant le fiel,
  Il se dressa devant la femme.
Je vis qu'il se livrait des combats décisifs
Dans les hauteurs du ciel, que sillonnait la flamme.
Des cavaliers passaient, stellaires et furtifs,
Qu'accompagnait un vol éperdu de comètes.
Les sept anges sonnaient dans les grandes trompettes.
Tout à coup, dans le ciel, un grand bruit se répand,
  Se répercute d'astre en astre :
Il est tombé, le grand dragon, le vieux serpent,
Et sa déroute pour beaucoup est un désastre.

Gloire à Dieu, mais malheur à la terre, où Satan,
Déraciné du ciel comme un pin par l'orage,
Vient de descendre, pour y dépenser sa rage,
Car il n'ignore pas le destin qui l'attend.

ALMACHIUS, *prenant place au tribunal.*

Faites entrer les deux accusés, je vous prie.

*(Entrent, accompagnés de soldats, Valérien et Tiburce.
Almachius, s'adressant à eux :)*

Quoi! vous, porteurs d'un nom qu'honore la patrie,
Pouvez-vous oublier votre condition,
Vous dégrader jusqu'à la fréquentation
De la plus misérable et vile populace
Venue on ne sait d'où, rebut de toute race,
Des esclaves, des vagabonds, des indigents!
Vous dissipez votre fortune pour ces gens
Et sans souci de vos devoirs héréditaires,
J'apprends que vous vendez vos maisons et vos terres
Et qu'à des scélérats justement condamnés
Des tombeaux par vos soins doivent être élevés
Et tels que, dans les temps malheureux où nous sommes,
A peine on en bâtit de pareils aux grands hommes.
Ces faits sont-ils exacts? répondez.

VALÉRIEN ET TIBURCE

Ils le sont.

ALMACHIUS

Alors plane sur vous le plus grave soupçon.
Vous seriez donc initiés à leurs mystères
Et, sortant du chemin qu'avaient tracé vos pères,

Vous participeriez à ce pacte odieux
Qui réunit des malfaiteurs contre nos dieux !

TIBURCE

Plaise au ciel qu'un jour ils veuillent nous reconnaître
Comme leurs serviteurs et nous nommer au Maître,
Ces hommes que tu crois flétrir de ton dédain
Et dont le sang versé t'accusera demain.
Les honneurs qu'on leur rend ne sont point assez amples,
Ce n'est pas des tombeaux qu'il faut, ce sont des temples,
Juge, qu'auront un jour les gens que tu frappas
Et l'avenir en foule y portera ses pas,
Car leur vertu fut haute autant que leur pensée,
Eux qui, perçant le voile où la vie est tissée
Et portant leur regard jusqu'à l'éternité,
Surent apercevoir l'immense vérité.

ALMACHIUS

Et cette vérité sublime, essentielle,
Que le monde ignorait, en quoi consiste-t-elle ?

TIBURCE

A chercher, par delà l'apparence et le temps,
Hors du monde trompeur les seuls biens importants.

ALMACHIUS, *s'adressant à Valérien*.

De vous deux, n'est-ce pas, le plus jeune est ton frère

VALÉRIEN

Dieu nous donna la vie ensemble au baptistère
Et sa grâce aujourd'hui nous fait deux fois jumeaux.

ALMACHIUS

Il était malaisé de dire en moins de mots,
Je pense, qu'en raison vous êtes du même âge.
Mais j'ai dû t'interrompre en ton plus beau passage.
Tu disais que la vie?...

TIBURCE

Est un songe irréel.

ALMACHIUS

Le trépas, à tes yeux, est plus substantiel?

TIBURCE

Cette vie est changeante.

ALMACHIUS

Et la mort est durable!
Tout cela me paraît franchement admirable.
Pourtant, résumons-nous. Si je te comprends bien,
Tout ce qu'on peut toucher, voir, entendre n'est rien,
C'est une illusion, un rêve, une apparence
Et la réalité sérieuse commence
A cet endroit où nous, gens du système ancien,
Croyions précisément que commençait le rien.
C'est une opinion originale, certes,
Et qui, dans un milieu de personnes disertes
Où l'on n'a rien à voir avec le sens commun,
Vous pose un homme et lui donne l'air de quelqu'un
Impunément; mais, quand la doctrine s'applique
Aux choses de l'État et de la politique,
Quand elle envahit tout et jusqu'au tribunal,
Elle est moins innocente et se tolère mal.

Il est vrai que peut-être à tort je m'effarouche.
Ce n'est qu'une chanson que nous redit ta bouche.
Tu répètes des mots que tu ne comprends pas,
Qui t'auront paru beaux et tu parles, hélas!
Sous l'inspiration de quelque âme étrangère.

TIBURCE

Tu l'as dit. Tous les mots que ma bouche profère,
Une céleste voix me les dicte en effet.

ALMACHIUS, *s'adressant à Valérien.*

Bon! Il entend des voix maintenant; c'est complet!
Il n'a plus sa raison, mais au moins, toi, j'espère
Que je te vais trouver plus sensé que ton frère.

VALÉRIEN

Il est un médecin, que tu ne connais pas,
Qui dans le droit chemin dirige tous nos pas
Et garde nos cerveaux en parfait équilibre.

ALMACHIUS

Eh! quoi! tous les plaisirs qui font que le cœur vibre
Et dont la perte laisse un éternel regret
Vous inspirent l'horreur et vous n'avez d'attrait
Qu'aux moroses pensers où votre esprit se livre.
Et pendant ce temps-là vous oubliez de vivre!
Vous n'êtes que des fous!

VALÉRIEN

       L'hiver, dans la campagne,
Tout le long des chemins, au bord des prés fauchés,
J'ai vu des citadins oisifs et débauchés

Rire des villageois qui travaillaient la terre.
« Malheureux! disaient-ils, quelle besogne austère!
A quoi bon se donner tous ces soins rebutants?
Il faut être insensé pour consumer le temps
En occupations si tristes et si dures »!
A la plaisanterie ils joignaient les injures,
Dépités qu'ils étaient de voir ces paysans
Passer outre, silencieux et méprisants,
Sachant bien que pour eux répondrait la nature.
L'été vint, les jardins s'emplirent de verdure,
Des javelles le blé coulait à pleins boisseaux
Et la vigne, nouant au tronc des arbrisseaux
Ses mille doigts noueux aux vrilles enlaçantes,
A peine soutenait ses grappes trop pesantes.
Les villageois étaient à leur tour en festins
Tandis que, besogneux, affamés, moins hautains,
Les railleurs maintenant voyaient avec envie
Dans les coupes monter les chansons de la vie
Et se disaient alors qu'au lieu de les railler
Ils eussent avec eux mieux fait de travailler,
Car ils auraient ainsi part à leur abondance.

ALMACHIUS

Pas mal, mais quel rapport?...

VALÉRIEN

Un peu de patience!
Nous ne sommes que des insensés, nous dis-tu.
Pourquoi? Parce que nous pratiquons la vertu,
Parce que, secourant l'orphelin et la veuve,
Considérant la vie ainsi qu'un temps d'épreuve,

Simples, hospitaliers, honorant nos martyrs,
Nous ne nous mêlons pas à vos honteux plaisirs
Et fuyons vos banquets, ne voulant pas de fête
Qui ne laisse pas la conscience parfaite.
Patience! Almachius, le temps aussi viendra
Où nous recueillerons le fruit de nos souffrances.
Qui sème dans les pleurs, un jour moissonnera
    D'éternelles réjouissances.

ALMACHIUS

Et pendant que vous vous gorgerez de douceurs,
Nous, les juges, et vos immortels empereurs,
Un éternel malheur sera notre partage.

VALÉRIEN

Je t'étonne par ma rudesse de langage.
N'êtes-vous donc pas nés de femmes comme nous?
Et si le genre humain se courbe à vos genoux,
La mort, entrant chez vous, n'y met pas tant de formes.
Que pèse un empereur entre ses doigts énormes?
Sans le moindre souci de sa divinité,
Elle l'étrangle comme un autre, en vérité.
Ainsi, pour l'écarter et te préserver d'elle,
Ne compte pas trop sur l'appui de Marc-Aurèle.
A la façon dont Dieu s'y prend avec Caesar,
Je crois que ses amis courront quelque hasard
Et que plus vos pouvoirs vous paraissent s'étendre,
Plus vous aurez à Dieu là-haut de compte à rendre.
Ton poste vient de lui, que tu veuilles ou non.

ALMACHIUS

Et ce Dieu qui nous doit juger, quel est son nom?

VALÉRIEN

Il n'en a pas besoin d'un autre, étant l'unique.

ALMACHIUS

Un dieu si peu connu peut-il être authentique?
L'univers tout entier serait donc dans l'erreur?

VALÉRIEN

Non pas tout l'univers, mais toi, mais l'empereur,
Mais quelques magistrats et quelques vieux augures,
D'un passé qui s'en va défaillantes figures.
Tout le reste est chrétien : la rue où vous marchez,
Vos prétoires, vos camps, vos places, vos marchés,
Pour tous nous contenir ne sont plus assez amples.
Nous ne vous laisserons bientôt plus que vos temples.
Si ce peuple, lassé d'être toujours martyr,
Fuyant d'injustes lois, décidait de partir,
Vous seriez effrayés de votre solitude.
Nous, la minorité? dites la multitude!

ALMACHIUS

C'est assez de propos vains et séditieux.
Rome ne reconnaît que ses lois et ses dieux.
Chez nous, enfants de Mars, nourrissons de la louve,
Nul n'est reconnu dieu, si la loi ne l'approuve,
Et, quand la loi décrète un culte à l'empereur,
Qui prétend s'y soustraire est criminel et meurt.

TIBURCE ET VALÉRIEN

Eh bien! nous prétendons tous deux nous y soustraire.

(Entre Marc-Aurèle, qui se tient debout derrière Almachius.)

Mais voici l'empereur !... Prince, qu'on dit austère,
Philosophe et pieux, saisissez cet instant
Pour rendre un arrêté que l'univers attend.
Ne prolongez pas plus un coupable silence.
A la face du ciel, de votre conscience
Et pour le monde entier, répondez. Est-il vrai
Que vous auriez un tel courage ?

MARC-AURÈLE

Je l'aurai.

TIBURCE

Prince, rappelez-vous que l'heure est solennelle.
Nous ne confondons pas Néron et Marc-Aurèle.
Le ciel par votre bouche attend ce désaveu.
Soutiendrez-vous aussi que vous êtes un dieu ?

MARC-AURÈLE

Oui, quoi qu'ose prétendre une secte insensée,
Je sens que je suis dieu, du moins par la pensée,
Et parce que j'incarne ici Rome. Je sens
Que, maître de mon âme et seigneur de mes sens,
Posant sur l'univers dompté des yeux tranquilles,
Pendant que bat en moi le cœur de tant de villes,
Je n'usurpe point les hommages qu'on me rend,
Et s'il est dans le ciel un autre dieu plus grand,
Qu'il se montre, je suis prêt à le reconnaître
Comme mon supérieur, mais non comme mon maître.
Oui, je déclare ici très haut, sans hésiter,
Que s'il me faut, pour lui plaire, lui présenter
Une âme déjà par l'esclavage avilie,
Je ne puis adorer un dieu qui m'humilie.

Qu'il m'écrase sous son talon ou sous son poing :
Mon choix est déjà fait, je ne servirai point !

CÉCILE, *sortant des rangs de la foule.*

Toi qui t'exprimes par la voix de Marc-Aurèle,
Tu viens de te trahir, toi, l'antique rebelle,
Avec les mêmes mots qui t'ouvrirent l'enfer :
Je t'avais reconnu, ton nom est Lucifer.

MARC-AURÈLE

Qu'on soumette ces deux hommes à la torture !

CÉCILE

Moi ! moi ! mais non pas eux.

VALÉRIEN

Que ton cœur se rassure,
Cécile. Du démon nous serons triomphants.

TIBURCE

Bon courage, ma sœur !

CÉCILE

O mes petits enfants,
Ne m'appelez point sœur, car je suis votre mère,
Je le suis, je le sens à la douceur amère
Que j'éprouve à vous voir si vaillants et si beaux
Des fleurs de votre sang parer nos trois tombeaux.
Que l'ange du Seigneur descende et vous assiste !
La mère des Gracchus fut moins fière et moins triste
En recevant d'eux leur dernier embrassement
Que je ne le suis, moi, pour vous, en ce moment

Où vous m'allez ouvrir de vos mains généreuses
De la maison du Christ les portes bienheureuses.
Adieu! déjà je vois poindre dans le lointain
Le visage éclairé du bon Samaritain
Prêt à répandre sur vos blessures son huile.
Qu'il se souvienne encor de la vierge Cécile
Dont le cœur maternel, par vos peines pressé,
De sept glaives aussi se verra transpercé!

(On emmène Valérien et Tiburce.)

MARC-AURÈLE

Tes noms, fille insolente et qui te crois sublime.

CÉCILE

Cécile, de sang libre et noble et clarissime,
Chrétienne, par la grâce et par le sacrement.

MARC-AURÈLE

Tu fais sonner ces mots bien orgueilleusement.
Tant d'orgueil est-il bien le fait d'une chrétienne?

CÉCILE

Dois-je donc abaisser ma foi devant la tienne?
Je suis humble envers Dieu; tant d'illustres aïeux
Ne me font, en effet, pas plus grande à ses yeux,
Mais je pense avoir droit, pour une cause sainte,
De faire retentir leurs noms dans cette enceinte
Et de m'en prévaloir pour te parler plus haut
A toi, fils d'Antonin, Marc-Aurèle.

MARC-AURÈLE

Tout beau!

Ces grands aïeux n'étaient pas chrétiens, que je sache.

CÉCILE

Mais très dignes de l'être, ayant vécu sans tache.
Peut-être leurs vertus m'ont-elles mérité
Le bonheur de connaître à temps la vérité.
Le premier des Romains chrétiens fut un Corneille.
Tu vois qu'une amitié céleste et déjà vieille
Unit les grands de Rome au cœur de Jésus-Christ.
Lorsqu'aux jours de Néron, son culte fut proscrit,
Mes parents ont caché, pour la conserver libre,
La barque du Pêcheur, errante sur le Tibre.
Ainsi, dans nos palais, grandit par ses revers
Cette Église, qui doit gouverner l'univers.
Pour le salut d'aïeux, dont l'âme fut si haute,
J'ai ce gage, que leurs maisons eurent pour hôte
Pierre, à qui notre Dieu donna les clefs du ciel.
Or, de ce même Dieu le trait essentiel,
Qui le distingue en tout des êtres que nous sommes,
Est de n'être jamais en reste avec les hommes.
Il est trop juste pour repousser de son seuil
Les maîtres des maisons qui lui firent accueil.
Cesse donc d'invoquer, pour tenir ta querelle,
Des héros qui n'ont rien de commun avec elle.
Ce n'est pas Rome antique ici que tu défends,
Non, c'est toi, ton orgueil et tes entêtements.

MARC-AURÈLE

Ce que je défends, c'est le droit de la pensée.

CÉCILE

Alors pourquoi la nôtre est-elle menacée?

MARC-AURÈLE

Parce qu'elle est un dogme et non un libre choix.

CÉCILE

Si Dieu l'a proclamé, ce dogme, de sa voix?

MARC-AURÈLE

L'homme est un dieu naissant qui se suffit lui-même.

CÉCILE

Triste dieu, que les pas de la mort rendent blême.

MARC-AURÈLE

Heureux ou malheureux, qu'importe, s'il est grand!
Ton Dieu peut l'écraser, il brave son tyran.

CÉCILE

Ainsi parlaient jadis d'autres esprits sublimes,
Foudroyés maintenant et tombés de leurs cimes.

MARC-AURÈLE

Ces titans dont l'un fut l'étoile du matin
Sans regret, sans faiblesse acceptent leur destin
Et leur prince, à jamais dédaigneux et farouche,
Aux ordres de ton Dieu répond non par ma bouche.

CÉCILE

Citoyens, vous venez d'entendre le démon.

MARC-AURÈLE

Démon, soit! je suis la science et la raison.

CÉCILE

La science où le cœur n'entre pas n'est pas vraie,
C'est l'œuvre du menteur et du semeur d'ivraie.

MARC-AURÈLE

C'est assez de discours, qu'on applique la loi!
Et meurs si tu ne veux pas renier ta foi.

CÉCILE

Je suis chrétienne, fais-moi mourir, je suis prête.

MARC-AURÈLE

Emmenez-la dehors et tranchez-lui la tête.

UN SOLDAT

Hélas! elle est si belle et si jeune, seigneur.

MARC-AURÈLE

Il en faut craindre plus son charme séducteur.

CÉCILE

Frères, concitoyens, écoutez-moi, vous n'êtes,
Vous, que les instruments d'un injuste pouvoir,
Mais il suffit de vous regarder pour savoir
Que vous avez horreur des choses que vous faites.
Or, sachez qu'il n'est rien ni d'aussi glorieux
        Ni pour nous d'aussi désirable
Que de sacrifier à Jésus, roi des cieux,
        Cette existence misérable,
Car nous n'avons point fait de pacte d'amitié
        Avec les choses de la terre.
Retenez dans vos cœurs tout signe de pitié,
Quand vous croirez fermer nos yeux à la lumière;
Vous croirez les fermer, mais vous les ouvrirez
        A d'autres lumières plus belles.

Vous croirez les éteindre et vous allumerez
L'éternité dans leurs prunelles.
Ainsi ne plaignez pas ma jeunesse : la mort
Ne saurait arracher à ma vie imparfaite
Que les chagrins et les ennuis dont elle est faite.
Pleurez plutôt sur vous qui, si jeunes encor
Et d'un âge où l'on est sensible à la justice,
A d'iniques arrêts prêtez un bras complice.

(Cécile est emmenée par les gardes.)

LE CHŒUR

J'ai sur une nuée aperçu tout d'abord
Quelqu'un qui ressemblait de face au fils de l'homme.
Il avait sur la tête une couronne d'or
Et tenait dans sa main une faucille, comme
En ont les ouvriers pour faire la moisson.
   « Lance ta faucille et moissonne »,
Cria du firmament une voix dont le son
M'emplit d'une terreur dont encor je frissonne.
   Et le faucheur surnaturel
   Lança sa faucille du ciel
   Et d'une seule randonnée
   Toute terre fut moissonnée.
   Du sanctuaire alors sortit
   Avec sa faucille un autre ange
   Et le même cri retentit :
   « Lance ta faucille et vendange,
   Voici que les raisins sont mûrs. »
Le faucheur vendangea la vigne de la terre,
Jetant les grappes dans la cuve de colère.
La cuve fut foulée en hâte hors des murs

D'enceinte de la ville.
Il en sortit, avec un bruit de grandes eaux,
Du sang jusqu'aux mors des chevaux
Sur l'espace de plus d'un mille.

(Arrivent Valérien et Tiburce de la salle de torture.)

VALÉRIEN, *sur le même ton prophétique.*

Et j'entendis ensuite une voix qui criait :
Elle est tombée aussi, Babylone la Grande,
La cité cruelle et marchande,
Qui vendait des plaisirs aux rois qu'elle enivrait.
On n'entendra plus ses joueurs de flûtes,
Ni le bruit de la meule et le bruit des foulons,
Ni le hennissement, traversé de disputes,
Qu'y mêlait la luxure au cri des étalons.
A peine on trouvera sa trace,
Ses murs abriteront la race
Des démons et du basilic,
Et tous ceux qui faisaient trafic
Des corps, des âmes de ses hôtes,
Les matelots et les pilotes,
Les marchands de bois précieux.
Pleurent maintenant, mais aux cieux
Les hymnes et les chants de fête
Montent en chœur retentissant,
Car enfin sont vengés les saints et les prophètes
Dont elle a répandu le sang.

MARC-AURÈLE

Eh! quoi, vous revenez, la menace à la bouche,
Nul tourment n'a dompté cette ardeur si farouche.

Ainsi, le corps meurtri, les membres disloqués
Par les supplices qui vous furent appliqués,
Vous n'avez rien perdu de votre orgueil, fantômes
De ceux que j'ai connus beaux et fins jeunes hommes.

TIBURCE

Fais-nous mourir, assez d'insultante pitié.

UN SOLDAT, *entrant*.

La tête de Cécile est tranchée à moitié
Et le bourreau hagard vient de prendre la fuite.
La morte parle encore à la foule séduite.
Chacun crie au prodige et c'en est un, Caesar.
C'est l'ouvrage d'un Dieu, non celui du hasard.

MARC-AURÈLE

Calme-toi, car ton cœur semble en proie au délire.

(*S'adressant à un autre soldat, qui vient d'entrer.*)

Toi, que s'est-il passé? Parle. Que peux-tu dire?

UN AUTRE SOLDAT

Nous menions à la mort la vierge tristement,
L'ombre était dans nos cœurs ainsi qu'au firmament;
Pourtant une clarté, comme un halo de lune,
De Cécile entourait la chevelure brune.
Le bourreau comme nous parut saisi de peur,
Sa main trembla devant ces yeux, dont la douceur
Faisait sur lui l'effet engourdissant d'un rêve.
Il frappa, mais d'un bras si peu sûr, que le glaive
A peine fit une blessure, il redoubla.
A la troisième fois la victime tomba,

Le col ouvert enfin d'une entaille profonde.
Le sang, à gros bouillons, s'en échappe et l'inonde.
Le bourreau, demi-fou, s'enfuit, les yeux hagards.
Quel spectacle s'offrit alors à nos regards !
La vierge reposait sur les dalles sanglantes
Et respirait encor, les lèvres souriantes,
Comme lasse pourtant du combat engagé.
La grâce et la pudeur semblaient avoir rangé
Autour de son corps pur sa robe d'or brochée
Et sur le côté droit on la voyait couchée,
Les deux bras étendus, les genoux réunis,
Aux roses de son sang mêlant son teint de lys.
En cet état, songeant seulement aux misères
Des pauvres, ses clients, qu'elle appelait ses frères,
Elle leur adressa ses plus tendres adieux,
Donnant ses ordres pour qu'un autre prît soin d'eux.
Elle pria chacun d'être à sa foi fidèle.
« Prenez garde à l'orgueil insidieux, dit-elle,
Qui s'enferme en lui-même ainsi qu'en une tour.
Souvenez-vous que Dieu, c'est l'éternel amour.
Il s'est choisi des noms où toute bonté brille.
Lui-même il s'est nommé le père de famille.
Dédaignant près de nous les titres de grandeur,
Il a dit qu'il était l'époux, le bon pasteur.
Il connaît la loi des choses, les ayant faites.
Il a choisi parmi les petits ses prophètes
Et simple et pur, loin des collèges étouffants,
Mis la vérité dans la bouche des enfants.
Et le ciel est à ceux dont le cœur leur ressemble. »
Ayant dit, elle joint ses pâles mains ensemble,
Son visage soudain devient tout lumineux,

Puis s'éteint, quand son âme est envolée aux cieux !
Et nous, gagnés par tant d'héroïsme et de charmes,
Aux soupirs des chrétiens nous mêlâmes nos larmes.
C'est pourquoi nous venons prendre congé de toi
Et de la vie, afin d'aller à ce grand roi
Qui, par delà la mort, tient sa cour éternelle,
Entouré de héros et de vierges comme elle.
Nous sommes désormais soldats de Jésus-Christ.
Si notre acte est un crime aux yeux de ton esprit,
Prends la hache et procède en personne au supplice,
De peur que ton dernier bourreau se convertisse.

MARC-AURÈLE

Faites fermer la salle et massacrez-les tous !

TIBURCE ET VALÉRIEN

Portes du ciel, voici les martyrs, ouvrez-vous !

NOTES
POUR LA REPRÉSENTATION

———

Toute cette tragedie n'est presque qu'un tissu de textes empruntés à la liturgie et aux Acta sanctorum. C'est la reconstitution aussi exacte et minutieuse que possible de la vie de sainte Cécile et des saints Valérien et Tiburce, qui y parlent leur propre langage et le langage des premiers temps du Christianisme; c'est le drame de leur martyre, directement transporté sur la scène, dans son esprit et dans sa vérité. Tout autre procédé aurait paru sacrilège à l'auteur, qui s'est borné à composer la gerbe de ces fleurs éparses et le petit monument destiné à rassembler ces précieux restes.

Cette tragédie est difficile à jouer, ainsi que j'ai pu m'en rendre compte aux représentations qui en ont été données récemment à l'Institut Jeanne-d'Arc à Alençon, et à Rome chez les Dames de Sion.

Le chœur se compose d'une vingtaine de jeunes filles, à diviser en deux groupes conduits chacun par une choreute. Il se forme dans la salle et monte sur la scène, un groupe à droite, l'autre à gauche.

On peut jouer la pièce devant un rideau. Dans

la première scène du premier acte, la première choreute va regarder ce qui se passe derrière le rideau et en informe ses compagnes; la deuxième choreute fait de même.

Le chœur doit refléter vivement l'émotion que lu donnent les nouvelles et s'associer au mouvement de la pièce.

C'est le chœur que désigne Marc-Aurèle à Tiburce, quand il lui parle de ses inquiétudes sur l'état d'esprit de la foule.

Le chœur, à l'arrivée de Cécile et de Valérien, redescend dans la salle.

Cécile, pendant toute cette scène, a le regard fixe et presque extatique.

Au deuxième acte, Cécile doit être assise sur un siège élevé, au pied duquel s'agenouille et s'assied Tiburce, en disant : « Tu ne sais pas, Cécile, à quel point je l'aimais. » Il ne se relève qu'à l'arrivée de Valérien. Dans la scène de l'extase, Cécile est debout avec sa harpe, les deux frères sont agenouillés à ses pieds, de façon à former un groupe harmonieux, etc.

S'appliquer, dans la diction, surtout à la clarté; augmenter cette clarté par la mimique, se bien représenter le drame à mesure qu'il se déroule et l'animer de son mieux.

MADELEINE

Je me suis efforcé, en ce poème funéraire, de fixer en les stylisant, comme d'autres le font sur le marbre des stèles, les dernières paroles et les derniers gestes d'un être aimé. Je l'ai fait non pour moi, mais pour elle, avec la religieuse émotion d'un devoir à remplir envers une morte. Je prie qu'on les lise comme une inscription sur un tombeau.

En mémoire du 16 avril 1916.

I

*L'action de ce poème se déroule sur une terrasse-jardin
plantée d'arbres, devant la porte d'une assez élégante maison
de style Louis XIV. Le clocher de l'église, à laquelle on accède
par un large et haut escalier, mêle fraternellement sa flèche
aux branches des cèdres et des pins de la terrasse. Comme
horizon, la ligne des Cévennes.*

*Le chœur est formé de femmes du pays, amies de la mai-
son. Pendant qu'il se rassemble, le père de Madeleine erre
silencieux, pensif et mélancolique sur la terrasse.*

LE CHŒUR

Tenant Ninette par la main,
Suzanne s'est mise en chemin.
Une oie effleure de la tête
Et menace leur front rêveur.
Le petit troupeau suit sans peur
Lucienne, sa bergerette (1).

Lucienne, le doigt levé
Vers l'irréel monde rêvé,

(1) Ninette, Suzanne, Lucienne, trois petites voisines orphe-
lines de cinq à sept ans, qui, ayant entendu parler de l'arrivée de
Madeleine, se cachèrent pour l'attendre et assistèrent, jusqu'au
bout, au drame inattendu de sa mort et de ses funérailles.

Les conduit du regard, du geste.
Elle a des mots mystérieux,
Le doux mystère de ses yeux
Leur a fait entendre le reste.

Dans leur azur doux et léger
On croirait voir se diriger
Des anges blancs et des colombes.
C'est un coin du ciel que ces yeux,
Tel qu'il luit sans doute pour ceux
Que Dieu visite dans leurs tombes!

Et des fils de la Vierge, épars
Dans la clarté de ses regards
Où l'innocence encore brille,
Attestent que Jésus y dort
Auprès de la quenouille d'or
Sous l'œil de la Sainte Famille.

Quant aux yeux de Suzon, noirauds
Comme des graines de sureaux
Ou des grains piquants de moutarde,
On devine en arrière d'eux
Le museau fin et curieux
D'une chevrette qui regarde.

Sous son front de rides barré
Flambe tout un matin doré,
Où frissonnent des ombres fraîches.
Le rêve s'allume en Suzon,

Comme aux fentes d'une cloison
Glisse le soleil dans les crèches.

Quelle attente on lit dans ces yeux !
Quel mot d'ordre mystérieux
A réuni les trois fillettes?
Que peuvent-elles venir voir?
Et quel silencieux espoir
Peut remplir leurs petites têtes?

Pour elles, la vie et la mort,
L'été qui rit, l'hiver qui mord
Sont une seule et même chose,
Un spectacle grave et changeant
Qu'éclaire la lune d'argent
Qui sur les noirs cyprès se pose.

Et dans leur sourire charmant
On sent que s'ouvre par moment
Vers l'au-delà quelque fenêtre,
Et leur regard visiblement
Sans crainte et sans étonnement
Jusqu'en l'invisible pénètre.

Dites, qu'attendez-vous ici,
Enfants, dont le deuil a noirci
Pour longtemps les robes de laine?
Si ce sont vos pauvres papas,
D'Alsace ils ne reviendront pas.
— Non, mais nous attendons madame Madeleine.

Pour plaire ainsi, qu'a-t-elle donc,
Cette Madeleine au doux nom

Et qu'entoure la poésie ?
Elle est pareille aux autres... Non,
Son secret fut l'amour profond.
C'est pourquoi la Mort l'a choisie.

A force d'aimer son mari,
De s'imprégner de sa pensée,
La vie en elle s'est glacée
Cependant qu'en son âme un grand rêve a fleuri.

Alceste, Iphigénie ont été les modèles
Que, sans même y songer, elle aura reproduits.
Et voilà qu'aujourd'hui
Elle est devenue une d'elles.

Une flèche invisible a transpercé son cœur,
Un mal mystérieux la ronge
Et déjà ce n'est plus, à travers sa pâleur,
Qu'une image lointaine et qu'une fleur de songe.

*(A ce moment, la porte s'ouvre. Madeleine, pâle et les yeux
un peu fixes, s'avance lentement, suivie de sa mère et de ses
sœurs, et vient s'asseoir près du chœur.)*

MADELEINE

Femmes, pour vous revoir une dernière fois
Et pour jouir encor de la douce lumière
Que cet humide avril à mes yeux déjà froids
Verse comme au travers d'une épaisse verrière,
J'ai fait le rude effort de descendre, ce soir,
Et voulu près de vous comme jadis m'asseoir.

Quand je redescendrai, ce ne sera plus seule,
Sur leurs épaules, vos époux me porteront.
Aux parois de mon lit se heurtera mon front
Distrait et dur autant que le front d'une aïeule.
Quand je repasserai sous ces arbres chéris,
Ce sera pour quitter, ainsi que ce pays,
Ma maison où déjà ma figure s'efface.
A peine ferons-nous halte sur la terrasse.
Le cortège prendra les chemins familiers,
Près du toit de grand-père il passera peut-être
Et tous mes souvenirs viendront à la fenêtre
Pencher leurs fronts amis, hagards d'être oubliés,
Cherchant en vain quels yeux pourraient les reconnaître.
Et mon ombre, en courant, remontant l'escalier,
O mes parents, vous que j'aimai d'amour si tendre,
A leur place se dressera pour vous attendre,
Et du fond du passé brusquement réveillé,
Profitant d'un carreau de vitre ensoleillé,
Votre fille, mêlée aux choses d'un autre âge,
Vous enverra parfois un sourire au passage.
Pourtant le char, drapé de noir, frangé d'argent,
Traversera la capricieuse Varèze,
Les prés verts qui lui font un rivage changeant,
Qu'escortent, en chantant, la verne et le mélèze.
Puis, afin que j'y dorme un paisible sommeil,
Nous monterons par le coteau, plein de soleil,
Et là, face au ravin que l'Occident couronne
      D'un diadème flamboyant,
Je n'aurai pour bercer mon rêve monotone
      Que le bavardage du vent.
Seul parfois un pigeon, discret ami des marbres,

Dans le cimetière sans arbres,
Au sommet de la grande croix,
Et comme s'il portait à Dieu quelque supplique,
Viendra se reposer, oiseau mélancolique.
Hochant sa fine tête attentive et sans voix
Et peut-être sentant son message insolite,
Image d'un furtif regret qui nous visite,
Après quelques regards jetés autour de lui,
Il déploiera ses deux ailes sans plus de bruit
Que n'en ferait au sol la fuite de son ombre.

Celle qui dormira là-haut dans un trou sombre
A côté de ses grands-parents
Parmi les morts indifférents
Et sous l'herbe du cimetière
Ne sera pas moi tout entière.
Ce sera moi, sans l'être, en vérité,
Puisque je m'en irai vivre hors de la terre
Dans la silencieuse et grave Éternité
Qui m'enveloppera de son troublant mystère.
Et néanmoins ce sera moi
Vide de mon âme envolée,
Ce sera ce corps plein d'émoi
Dans lequel je m'en suis allée
Vers l'Aventure et vers l'Amour
Avec mon cœur mélancolique et lourd.
Ce sera cette Madeleine
Terrestre et trop aimante, hélas!
Dont se vont fermer les yeux las
Et que vous ne verrez plus courir dans la plaine,
Celle que son mari qui la laissa partir

Comme pour un voyage,
Ne verra plus désormais revenir
Qu'en songe comme une irréelle image.

(Ici, le chœur fait signe de répondre, mais Madeleine l'ar-
rête et continue.)

Ne m'interrompez pas. Vous entendez ma voix,
Ce soir, pour la dernière fois
Et ces derniers propos, il vous faudra vous-même
Les redire à celui que j'aime.
Dites-lui que l'Amour a causé son malheur
Et que j'avais à Dieu demandé la faveur
De me faire mourir dans ma fraîche jeunesse,
Pour qu'évoquant plus tard mon visage et mes yeux,
A l'émoi de son cœur mon ami reconnaisse
Le visage qu'avaient ses jours, aux temps heureux!

LE CHŒUR

L'Histoire ou la Fable rapporte
Qu'Alceste, comme vous,
Voulut mourir pour son époux.
Elle avait du tombeau déjà franchi la porte,
Lorsqu'un dieu pitoyable à son injuste sort
La ramena vivante, enveloppée encor
De ses voiles sacrés de morte.

MADELEINE

Pour moi, nul Héraclès, de vos larmes touché,
Avant l'heure à la mort ne viendra m'arracher,
Mais je sais que mon front, s'emplissant de lumière,
Un jour, de mon tombeau soulèvera la pierre

Et que l'heure viendra de l'heureux rendez-vous.
O collines d'Assieu, profils purs des Cévennes,
Vives réalités et demain ombres vaines,
Sera-ce à travers vos paysages si doux
Que reviendront alors à moi tous ceux que j'aime,
    Qu'il accourra lui-même
  Comme il faisait, au temps passé,
Quand son cœur au mien était fiancé?
Hélas! ces sentiments, la mort les désagrège!
Vous serez, vous, toujours, mes parents et mes sœurs,
Mais en vous redonnant ces noms pleins de douceurs,
    Lui, de quel nom le nommerai-je?

LE CHŒUR

Le nom dont vous pourrez saluer votre époux,
Pour être différent, n'en sera pas moins doux,
Car après un sommeil dont Dieu seul sait le terme,
Éclora tout à coup plus d'un merveilleux germe
    Dans la poussière de nos cœurs,
Et de nos sentiments, réduits en chrysalides,
S'élanceront alors comme de grandes fleurs
    Des sentiments purs et splendides.

MADELEINE

Adieu donc et jusqu'à ce jour deux fois béni!

LA MÈRE

Se peut-il qu'ici-bas déjà tout soit fini?

MADELEINE

Mère, on me descendra dans une fosse noire.

LA MÈRE

Que tu partes sitôt, non, je n'y puis pas croire.

MADELEINE

De mes plus beaux habits tu me revêtiras.

LA MÈRE

Quel horrible Destin t'arrache de mes bras !

MADELEINE

Je meurs, étrangement frappée en pleine guerre.
Ma tête ploie au vent de mort qui court la terre !

LE CHŒUR

C'est l'année où la mort fait sa grande moisson.

MADELEINE

Seule, loin des combats, je tomberai sans gloire.

LE CHŒUR

Les poètes feront vivre votre mémoire
Dans quelque douloureuse et suave chanson.

MADELEINE

Je mourrai sans laisser de fils qui vous console.

LA MÈRE

Hélas ! comme une fleur glacée en sa corolle.

MADELEINE

Comme un arbre qui n'a pas pu porter son fruit.

LA MÈRE

Comme un songe qui se dissipe avec la nuit.

MADELEINE, se levant.

Levons-nous. Déjà sonne, en mon âme chrétienne,
L'heure du grand combat qu'il faut que je soutienne.

LE CHŒUR

Emmenez-la dans sa chambre jusqu'à son lit.
Lasse de son effort trop grand, elle pâlit.

MADELEINE, debout et s'éloignant.

Irrésistiblement l'Éternité m'attire.
Je vais revoir vos fils, que faudra-t-il leur dire?

LE CHŒUR

Dites-leur que, fiers d'eux, par les soirs étouffants
        Ou par les matins pleins de givre,
Leurs veuves, leurs parents s'efforcent de survivre
Pour montrer le viril chemin à leurs enfants.

(Madeleine, sa mère et ses sœurs sont rentrées à la maison. Le père, les yeux pleins de larmes, reste en arrière et les suit du regard.)

LE PÈRE

Elle a franchi le seuil où je n'ose la suivre.
Dans sa chambre s'allume une lampe de cuivre.
Derrière sa fenêtre entr'ouverte, je vois
Le rideau s'agiter une dernière fois

Pour l'adieu qu'elle veut nous dire.
Chaque fois que le vent remuera désormais,
Je croirai voir encor ma fille que j'aimais
Me faire signe et me sourire.
Dorénavant sur mon cœur et sur ma maison
A l'ombre du grand cèdre une autre ombre s'ajoute.
Les frontières de l'au-delà tombent; le Doute
Lentement envahit ma raison.
Mon pied dans le mystère plonge,
Les choses d'où fuit la réalité
Et dont les contours baignent dans le songe,
Ont déjà l'aspect de l'Éternité.

LE CHŒUR

Il est certain qu'on s'accoutume
Aux pires disgrâces du sort.
Est-ce la vie, est-ce la mort
Dont la réalité s'embrume?
Mais certe, en ces jours émouvants,
Nos chers morts, en files pressées,
Redescendant de nos pensées,
Sont presque pareils aux vivants.
Dans les sentiers, au coin des rues,
Ils se mêlent à nos travaux
Et par derrière les charrues
Leur voix muette excite encore les chevaux.
A peine la nuit tombe,
On aperçoit de loin
Leur torse qui se bombe
Par-dessus leur charrette et leurs meules de foin.
C'est à croire qu'ils sont revenus de la guerre

Ayant terminé leur congé.
Sentant qu'ils n'avaient rien à faire,
De leur tombe ils ont délogé
Et sont rentrés dans leurs villages.
Ils sont tous de différents âges,
On n'a pas peur d'eux,
Car ils ont leur meilleur sourire
Puis on a tant de choses à se dire !
Ils sont si nombreux !
Comment écarter leur présence ?
Du reste, remplis d'indulgence,
Les Anges, venus les chercher,
Voltigent autour du clocher.
Leurs ailes, de l'église effleurant les verrières,
Nous font sentir le ciel tout près de nous.
Hélas ! mourir est presque doux
Dans ces temps de pitié céleste et de prières !

II

LA MORT

A peine dans son lit, un grand frisson la prit,
Si singulier et si profond, qu'elle comprit
Que l'ombre de la mort déjà touchait son être !
    Elle fit appeler le prêtre
Et pour tous ses péchés non encore expiés,
Aüx souffrances du Christ associant les siennes,
Avec la simple foi des époques anciennes,
Humblement demanda qu'on lui lavât les pieds
Pour l'agonie et pour les onctions dernières
Et qu'avec elle on fît les suprêmes prières.
Lorsque tout, selon son désir, fut accompli,
Pâle, joignant les mains, elle se recueillit.
Cependant l'attendait une épreuve cruelle :
Dans son sein qu'il avait innocemment tari,
Un bel enfant auquel ses yeux n'ont pas souri,
Le fils rêvé longtemps était mort avant elle.
En voyant le pauvre être, encore frais et beau,
Ses petits poings crispés tendus vers la lumière,
Qui, dans sa soif de vivre ayant tué sa mère,
Au lieu du jour cherché n'atteignait qu'au tombeau,
    Elle a perdu courage,

Une immense douleur s'est peinte en son visage.
Cependant résignée et les yeux agrandis
D'étonnement devant les terribles mystères
Dont Dieu, qui les inflige à la pitié des mères,
Ne souffre pourtant pas qu'ils soient approfondis,
Comprenant qu'en son fruit, sa vie était défaite,
     Elle a détourné tristement la tête
Et le silencieux combat a commencé.
Or, sur son front, tantôt brûlant, tantôt glacé,
De sa lutte on lisait la détresse farouche.
Nulle parole plus ne sortait de sa bouche,
Mais de pensée encor son œil illuminé,
Comme un vitrail qu'effleure une dernière flamme,
Racontait la souffrance indicible de l'âme.
A ce moment cruel, entra l'infortuné.
Levant ses yeux grandis d'angoisses et de fièvres,
Elle bougea la tête et remua ses lèvres
De cire et comme d'un mannequin douloureux,
Mais avec un regard éperdument fidèle,
Où s'était ramassé tout ce qui restait d'elle
Pour le plus pur, le plus déchirant des adieux.
On la vit plusieurs fois qui changeait de visage,
Puis, les traits détendus, elle ferma les yeux
Et pour l'éternité comme un enfant bien sage
S'endormit. Quel repos désormais que le sien
En son froid et nouvel aspect marmoréen,
A son ancien visage à peine ressemblante,
Et quelle impression de paix et de détente!
A la clarté d'un cierge elle dormait, hélas!
La même et cependant une autre, pâle et blonde,
Si touchante et si jeune avec un air si las,

Qu'on voyait qu'elle n'eût voulu pour rien au monde,
Ni pour regret ni pour désir rouvrir les yeux !
En de pareils moments, ainsi que des prêtresses,
Les mamans près des lits douloureux apparaissent.
Elles savent les beaux rites mystérieux
Et de quels vêtements, moins parure qu'emblème
De leur vie achevée et des regrets laissés,
Il convient d'habiller les pauvres morts qu'on aime
Pour réchauffer leurs cœurs dans les tombeaux glacés.
Or, comme s'éveillant aux lueurs de la cire,
On eût dit que sa bouche, essayant de sourire,
Laissait voir, en suivant chaque préparatif,
Je ne sais quoi de doux, de triste et de naïf.
Sous son voile de virginale mousseline,
Sa figure, à présent, paraissait enfantine :
On eût dit un portrait de sainte de douze ans,
Autour duquel, hâtant ses pieds déjà pesants,
La mère disposait, guirlandes parfumées,
Des anémones que la nuit avait fermées.
Par les vitres tombait un jour faible, incertain.
Soudain, sous la caresse et l'appel du matin,
Au grand étonnement de tous ceux qui le virent,
Dans un bruissement léger toutes s'ouvrirent
Et vives, s'échappant des ongles maladroits,
Elles semblaient courir, vivantes, sous les doigts,
Gentilles fleurs d'aurore encore un peu nocturnes,
Se hâtant de pencher toutes leurs frêles urnes
Comme pour attester par leur tressaillement
Que les anges, les saints martyrs et Notre-Dame
Étaient venus pour assister la petite âme
Et se porter garants pour elle au Jugement.

Elle dort maintenant loin de moi, sous la terre,
    A côté de ses grands-parents
Et depuis lors je sens s'épaissir le mystère
    Dont sont faits mes destins errants,
Pour la première fois derrière cette morte
J'ai senti du tombeau le miasme sacré.
    J'ai trop regardé par la porte,
Quelque peu de son ombre en mon âme est entré!
Le bonheur cependant est revenu sans elle
    Et la vie a recommencé.
Mais c'est étrangement que le présent se mêle
    Au souvenir du temps passé.
Ces deux affections n'en forment presque qu'une
    Et le mélange qu'elles font
De son image blonde à ton image brune,
Toi, la dernière aimée, a laissé sur ton front
    Je ne sais quoi de plus profond.

PARIS. TYP. PLON-NOURRIT ET Cⁱᵉ, 8, RUE GARANCIÈRE. — 23257,

PARIS

TYPOGRAPHIE PLON-NOURRIT ET Cie

8, Rue Garancière.

9 782019 944467